꿈꾸는 황금나무

지은이_**그루터기**

'그루터기'의 사전적 의미는 '초목을 베고 난 후 남은 밑동인 뿌리그루'이다. 그러나 우리가 담아내고자 한 뜻은 영원히 없어지지 않고 살아남는다는 의미로 '남은 자, 남는 자, 남을 자'의 의미를 담아 '그루터기'로 이름을 지었다. 황금중 동아리 '그루터기'는 자율동아리 학생 1명이 더 추가되어 중학교 3학년 16명으로 구성된 동아리이다. 각자 자신의 꿈과 비전을 찾아 책쓰기 반을 선택한 것은 아니지만 마지막엔 자신의 꿈을 찾은 친구도 있어서 감사할 뿐이다. 1년 동안 게으름 피우지 않고 성실하게 자신의 자리를 지켜준 우리 친구들에게 감사의 마음을 전한다.

구형진	전주영	차민재	정호윤	최창인	박효비	장서인	차아정
강다현	조수현	구민영	노윤지	진유빈	전다은	조해연	하예슬

엮은이_**김길순**

얼떨결에 시작된 책 쓰기 동아리 활동이 어느덧 1년이라는 시간이 흘렀습니다. 재미있게 활동하다가도 마지막에 활동에서 느낀 점을 시나 소감문으로 표현해 보라고 하면 소리 지르면서 얼굴을 찌푸리던 아이들의 모습이 아련하게 그리워집니다. 꿈도 없고 비전도 없다고 하던 아이들 중에 동아리 활동을 하면서 꿈을 찾은 친구도 있고 비전을 발견한 친구도 있어 감사할 뿐입니다. 많이 그리워질 것 같습니다. 자신만의 빛깔로 자신의 미래를 향해 걸어갈 아이들을 격려하면서 책쓰기 반 '그루터기' 동아리 활동을 지도한 교사로서 뿌듯함과 감사를 전하면서 아름다운 내일을 또 기대해 봅니다.

표지그림_**강다현**

꿈꾸는 황금나무

초판 1쇄 인쇄_2019년 2월 15일 | **초판 1쇄 발행**_2019년 2월 20일
지은이_그루터기 | **엮은이**_김길순
펴낸이_진성옥 외 1인 | **펴낸곳**_꿈과희망
디자인·편집 꿈과희망 편집부 | **마케팅**_김진용
주소_서울시 용산구 백범로 90길 74, 대우이안 오피스텔 103동 1005호
전화_02)2681-2832 | **팩스**_02)943-0935 | **출판등록**_제 2016-000036호
e-mail_jinsungok@empal.com
ISBN_979-11-6186-044-2 43810
※ 책 값은 뒤표지에 있습니다.
※ 새론북스는 도서출판 꿈과희망의 계열사입니다.
©printed in Korea. | ※ 잘못된 책은 바꾸어 드립니다.

"일상 속에 숨은 시를 만나다"

꿈꾸는 황금나무

그루터기 지음 | 김길순 엮음

황금중학교 책쓰기반 친구들과 함께하는
일상 속 시 이야기

꿈과희망

우리가 삶을 살아가는 동안
크고 작은 많은 일들을 만나게 된다.
그것을 이야기로, 한 편의 아름다운 시로 담아낼 수 있다면
참 감사한 일이다.

언제나 먼 곳을 꿈꾸고
언제나 낯선 것들을 그리워하는 우리들
이제 우리의 시선을 내 삶의 주변으로
돌려보면 어떨까….

우리 일상의 소소한 삶 속에 숨어 있는 행복들을
우리의 마음속에 저장해 둘 수 있다면
오늘 하루도 감사의 미소를 띠우며
행복한 마음을 안고 우리의 하루를
시작할 수 있지 않을까….

2018년 10월
황금중 교사 김길순

자연과 나를 담아내다 - 둘 (조수현 作)

외로움을 담아내다 - 셋

자연과 나를 담아내다 - 셋 (조수현 作)

제1장

꿈을 꾸는 자는 언젠간 그 꿈을 이룬다

외로움을 담아내다 - 하나

글 권현경, 김예원, 박다겸

그림 강다현

수많은 무게들

권 현 경

오른손에 든 열무 삼십 단, 짐 하나
집에 홀로 남아 나를 기다릴 아이의 오랜 시간의 무게, 짐 둘
언제 그이가 돌아올까 하는 뜨거운 간절함, 짐 셋
발을 감아오는 나의 수많은 짐들

잠시 쉬었다 가자니 내 강아지 같은 자식이 어미 찾아
울부짖을까,
터벅터벅

언제쯤 가벼워질까,
발을 감아오는 나의 수많은 무게들

시에 직접적인 등장이 없는 인물이나 사물보다는 이 시의 주된 인물 중 하나인 어머니의 입장으로 한번 바꾸어 시를 써 보고 싶었다. 홀로 어머니를 기다리는 아이의 외로움의 배가 되는 것이 어머님의 삶의 고달픔과 자식에 대한 걱정과 사랑이 아닐까? 겉으로 드러나는 열무 삼십 단과 같은 무게뿐만이 아니라 남편의 부재에 대한 쓸쓸함과 홀로 남겨진 아이의 외로움까지 모두 지고 있을 어머니의 짐들을 표현해 보고 싶었다. 일을 마치고 돌아오는 길의 발자국 소리를 무겁고 건조하게 만드는 짐들을 어머니도 한번쯤 떨쳐내 버리고 싶었을 것 같아서 '언제쯤 가벼워질까, 나의 수많은 무게들'이라는 구절도 넣었다. 나도 하루 일과를 마치고 집으로 돌아오는 길에 그러한 생각들을 많이 해본 적이 있어서 쉽게 공감하며 글을 쓸 수 있었다.

하늘같다

김 예 원

열무 삼십 단을 이고 시장으로 간다
해가 아들을 비추네
뜨거운 해처럼
열나게 팔아봐도 그대로인 열무
나의 마음처럼 하늘도 운다

사람들은 벌써 집으로 간다
달이 아들을 비추겠지
차가운 달처럼
그냥 가버리는 시장 사람들
하늘의 어둠이 내 얼굴에 깔렸네

| 시 해석 |

1연에서는 '안 오시네, 해는 시든 지 오래'에서 어머니가 열무를 해가 질 때까지 열나게 팔고 있음을 알 수 있다. 그래서 열무를 오랜시간 동안 팔고 있는 어머니의 열정적인 모습을 뜨거운 해에 비유하여 표현하였다. 그리고 아무리 열정적으로 팔아도 줄어들지가 않는 열무 때문에 슬픈 어머니의 감정을 '하늘도 운다'라고 표현하였다.

2연에서는 '나는 찬밥처럼 방에 담겨'라는 부분에서 아들이 외롭고 쓸쓸하게 어머니를 기다리고 있는 모습이 드러난다. 그 모습을 해에 비해 차가운 이미지를 가지고 있는 달로 외롭고 쓸쓸한 아들의 모습을 '달이 아들을 비추겠지'라고 표현하였다. 또, '엄마 안 오시네, 배추잎 같은 발소리 타박타박' 이 부분으로 인해 삶에 지쳐 힘든 어머니의 모습을 알 수 있고, 열무가 잘 팔리지 않아 착찹한 어머니의 감정을 '하늘의 어둠이 내 얼굴에 깔렸네'라고 표현하였다.

아이 걱정

박 다 겸

별님이 고개를 내민 시간
아무도 없는 집에서
홀로 나를 기다릴 아이

수북한 열무 옆에 앉아
아무리 기다리고 기다리지만
나를 에워싸는 것은
차가운 바람 뿐

컴컴한 어둠속
내 목소리가 들리지 않을 널
안심시키려 불러보는 나

| 시 해석 |

'아이 걱정'에서의 엄마는 아이를 두고 시장에 나와 열무를 팔고 있음을 알 수 있다. 시간
적 배경은 해가 지고 별이 뜬 어두운 밤으로, 팔아야 될 열무는 많이 남아 있으나 사가는 사
람 없이 차가운 바람만 주위를 맴돌고 있음을 알 수 있다.

아무도 없는 집에서 혼자 자신을 기다리는 아이에게 가고 싶지만, 아이와 단 둘이 살면서
생계를 책임지기 위해서는 열무를 팔아야만 했기에 아이에게 갈 수 없는 것이다. 가고 싶
지만 갈 수 없는 엄마는 비록 아이에겐 들리지 않겠지만 멀리서나마 두려움에 떨고 있을 아이
를 부름으로써 안심시키려 하는 모습을 나타낸다.

자연과 나를 담아내다 - 하나

글 조수현

그림 강다현, 조수현

끝없이 흐르는 액체, 그 이름 시간
- 먼저 스며든 그들의 마지막을 모르는 어린 물방울이 -

조 수 현

시작의 물줄기가 끝을 향할 때
모두가 시간의 인도 아래 같은 물줄기를 타고
끝없이 흐르되 지친 만물에게는
끝나지 않을 휴식의 웅덩이로 방향을 틀었다

공평하되 다른 지점에서 출발한 카운트다운,
다만 그들의 끝은 언제나 어딘가의 웅덩이를 가리켰다

누군가의 환희를 기록하는 흔적
누군가의 후회를 자극하는 최후

시작이자 끝 희열이자 오열이 되어
시간은 우리에게 유한한 삶의 목적을 알렸다
평생의 짐이 가볍든 무겁든 아랑곳 않고
야속하게도 흐르기만, 그저 끝을 향할 때

| 시 해석 |

시간을 폭포에 비유해 물방울이 떨어지기 시작한 시점이 생명의 시초, 모든 물줄기는 아래를 향해 흐르며 수명이 다하면 웅덩이에 고인다고 상상하였습니다. 하지만 부제에서 언급된 어린(아직은 살아 있는) 물방울이 화자인 만큼 죽음에 이른 생명들이 어떻게 되는지는 서술하지 않았고. 그저 시간의 유의미함과 가차 없는 모습을 드러내고자 했습니다.

주홍빛으로

조 수 현

다들 오랜만에 보는 얼굴이기에 더욱 반갑습니다
정확히는 아닐지 몰라도, 일 년 만입니다
곧, 우리는 추락하여 세상을 물들일 것입니다
그렇기에 우리는 서로 짧은 회의를 가졌습니다
누가 먼저 내려갈 것인지, 시기는 언제가 좋을지
이 계절만이 우리의 전성기이므로 더욱 신중해야 합니다

하늘하늘 푸른 하늘의 우리를 반기는 이를 보러
봄나들이라도 갈까요, 여느 때와 같이
나무 위에서 들리던 설레는 목소리였습니다

사뿐,
내려앉고 그 위에 다시 떨어집니다
아늑하며 푸근하게, 눈앞으로 향기를 뽐내면서
우리는 오늘에 만족했습니다. 이대로 사라져도 상관없습니다

우리는 그 황홀한 주홍빛의 광경에 열광할 것이며,
내년에 다시 추락할 작은 친구들을 어느 순간
떠올리고, 추억하여, 다시 찾아올 테니까요

연이 바뀌면서 시점이 지속적으로 전환됩니다. 홀수 번째 연은 벚꽃 무리들이, 짝수 번째
연은 꽃놀이를 가는 봄철 사람들이 화자가 되어 이야기를 이어갑니다. 2연은 1연에서의 벚
꽃들이 벌인 회의를 우연히 들었다는 설정이며, 이 시에서 벚꽃놀이는 벚꽃들에 의해 의도
된 집단 추락의 결과입니다.

허 물

조 수 현

고등학교가 나에게 남긴 것은 매미 허물
언제라도 벽장을 바라보면
지난 3년의 추억을 함께 한 허물이
떠날 생각 않고 자리를 지킨다

길어도 제각각 꼬리표도 제각각
크기가 훌쩍 쪼그라들면
벗은 뒤 새것을 찾는 것 또한 참 닮았다

성체가 된 매미는 허물을 등지고
마구 우는데
나는 추억에 못 이겨
아직 제자리에 있다
그래 사실은 나, 어른이 아닐지도 모른다

고등학교가 나에게 남긴 것은
추억과 미련을 탈피하라는 마지막 과제
그래 사실은 나, 매미의 유충이었다

　고등학교를 졸업하고 일상을 살아가던 화자가 학창 시절의 추억을 잊지 못하는 이야기를 그리고 있습니다. 어른이 된 이후에도 교복(허물)을 버리지 못하는 화자는 실질적으론 다 큰 매미지만, 사실 허물을 벗을 각오조차 하지 않은 매미 유충에 비유합니다. 마지막 연에서는 1연의 양식을 가져와 화자 스스로의 깨달음을 강조했습니다.

이름 없는 어느 철새의 추모

조수현

그늘 하나 되는 것 마다않고
제 뒤만 볼 줄 알았던 굵은 나무
이젠 앙상하게 말라버렸지만
나는 당신을 여전히 동경합니다

어릴 적 어느 날 나무 위에서
당신은 서둘러 나를 숨기셨지요
폭풍우가 요란하게 울부짖던가요, 그때
아빠가 지켜줄 테니 괜찮을 거라면서요

하지만 굵은 나무는 뿌리마저 굵지 않아서
나를 쏘고 갈 뻔한 바람에 그만 무너졌습니다

더는 나를 지켜줄 수 없겠지만
어찌 그것만이 당신의 가치겠습니까
내 그늘, 기둥, 안식처이자 이젠 떠나보내야 할 존재
제 뒤만 볼 줄 알았던 앙상한 나무

아버지여, 나는
끝내 동경했습니다

| 시 해석 |

화자는 아버지를 잃은 철새입니다. 철새는 생전의 아버지
를 굵은 나무, 죽은 후의 아버지를 앙상한 나무로 표현하고 있
고, 과거의 사건을 악천후로 비유하고 있지만 '나를 숨기셨지
요'나 '나를 쏘고 갈 뻔한'이라는 구절에서 인간 사냥에 의한
사망임을 알 수 있습니다. 결론적으로 이 시는 둥지를 떠날 정
도로 훌쩍 커버린 철새의 회상 및 추모를 그리고 있습니다.

가시나무

조수현

당연한 것이다
그저 둘이서 가꾸어 갈 행복이거늘
왜 우리는 내 사랑도 아닌 이의 눈치를 보아야 하나

자라지 않는 가시나무에게 사랑이 죄인가 물으면
우리들의 사랑은 죄가 없노라 죄가 없노라
그러나 나와 당신의 사랑은 죄라 가시를 세우리라

굳이 소수에게 간섭하는 가시덤불
경멸하는 눈길이 우리를 조여오기에
그만 버틸 수 없었다, 뼈저리게 아팠다

이리 죽어서야 당신과 행복해질 수 있다면
우리 가더라도 함께 나락으로 떠날까

| 시 해석 |

  화자의 사랑에 느닷없이 참견하고 두 사람을 옥죄는 보수적인 시선을 자라지 않는(생각을 바꾸지 않는) 가시나무라는 상징적 의미로 나타냈습니다. 다만 화자는 소극적이면서도 현실적인 인물이기 때문에, 그러한 시선에 저항하지 않고 이내 체념하여 극단의 선택까지 고려하는 모습을 보여줍니다.

외로움을 담아내다 - 둘

글 송민제, 손정민, 신병근

그림 강다현

금간 창틈

송 민 제

가난한 엄마와 아이가
살고 있는 낡은 집
그리고 그 낡은 집에
붙어 있는 금간 창틈 하나

나를 고쳐줄 돈도 없어
열무를 이고 시장에 가는
아이의 엄마를
언제나 바라본다

배춧잎 같은 발소리
타박타박 들리며
언제나 힘없이 돌아오는
아이의 엄마는,

오늘도 열무 삼십 단을 이고
돈을 벌기 위해 시장에 가셨다

그런데 오늘따라 안 오시네
빗줄기는 거세져만 가고
날은 저물어만 가는데
안 오시네
무슨 일이라도 생긴 걸까
저 아이는 괜찮은 걸까

내가 깨진 바람에
비바람도 다 새어
들어오는구나.

어떡하지

점점 엄마의 마음으로
애를 태우던 나는 어느새

칠흑 같은 어둠과
날카로운 빗소리에

몸을 떨며 흐느끼던 아이와
함께 울고 있었다

금간 창틈 사이로 새는
빗방울을 하나씩
똑, 똑, 똑
떨어뜨리며 흐느끼고 있었다

| 시 해석 |

　이 시는 기형도 시인의 '엄마 걱정'을 낡은 집의 금간 창틈의 시점으로 바꿔 쓴 시이다. 시를 쓰면서 화자를 금간 창틈으로 정하게 된 계기는 금간 창 틈 사이로 고요 한 빗소리가 들린다는 묘사가 마치 창문이 아이를 바라보며 울고 있는 것처럼 느껴졌기 때문이었다. 시의 초반부에는 창문이 열무 삼십 단을 이고 가는 엄마와 엄마를 기다리는 아이를 바라보는 관찰자처럼 그려지게 하였다. 하지만 엄마가 시장에서 돌아오지 않자 점점 아이의 속상함에 공감하고 걱정하게 되고, 후반부에는 아이를 바라보며 안타깝게 흐느끼게 된다. 원본 시에서 고요하고 어두운 분위기 연출을 위해 사용된 금간 창문을 화자로 설정하였더니, 시에서 비추고 있는 상황이 더 애달프게 보여지는 효과가 있는 것 같다.

어둠

손 정 민

내가 짙어지면 짙어질수록

당신은 옅어져만 가고

옅어진 당신을 쫓아

내가 깊게 드리운 밤을

한참동안 서성이는 한 아이

내가 온 세상을

다 물들이기 전에

따스한 숨결로 어루만져 주세요

| 시 해석 |

　시적 화자인 어둠은 어디든 존재하는 전지적이고 추상적인 것이다. 또한 어둠은 사람을 공포에 떨게 할 수 있는 그리고 시 속의 주인공을 그렇게 만들고 있는 대상이다. 그런 어둠이 어머니를 기다리는 아이와 아이를 걱정하는 어머니를 동시에 관찰 하고 있고, 세상을 자신이 물들이면 물들일수록 아이와 엄마의 거리가 좁혀지지 않고 서로를 걱정하는 모습을 보며 어쩌면 불행함과 악함의 상징일 수 있는 어둠에게 마저도 그들이 마음이 닿아 그들을 걱정하고 있다는 것을 표현하고 싶었다.

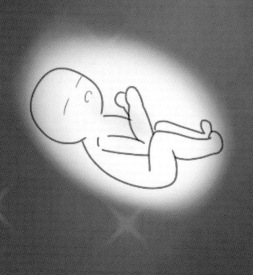

삶

신병근

오늘도 고달프네
오늘도 안 팔리네

힘들게 구한 열무 삼십 단
도저히 안 팔리네

비가 와도
배가 고파 죽을 것 같아도
내가 저 젖은 배추처럼 널브러져도
내 아들을 위해
내 가족을 위해

열무 사세요 열무 사세요
아무리 말해도 벙어리처럼 대답이 없네
인생이 왜 이렇게
고달픈 걸까
다급한 걸까
슬픈 걸까
그렇지만 나는

팔아야 한다
살아야 한다

| 시 해석 |

　제가 이 시를 쓰게 된 계기는 시 '엄마 걱정'을 읽으면서 가난했던 삶에 대해서 안타까움을 느꼈고 엄마의 고통과 가족을 위한 의지를 시에 담고자 쓰게 되었습니다. 그래서 제목을 '삶'이라고 정했고, 최악의 상황을 표현하기 위해서 비가 오고 배가 고파 죽을 것 같다는 문장을 썼고 가족을 위한 엄마의 의지를 표현하기 위해서 '내가 저 젖은 배추처럼 널브러져도 내 아들을 위해, 내 가족을 위해'라고 했습니다. 그리고 '열무 사세요, 열무 사세요'라는 문장에는 열무를 팔려는 엄마의 다급함을 표현했습니다. 그리고 그런 다급함에 대답하지 않는 열무를 사지 않는 사람들을 벙어리라고 비유했습니다. 맨 마지막에는 '살아야 한다, 팔아야 한다'라는 문장을 써서 엄마의 가족을 위한 헌신을 짧고 강하게 표현했습니다.

자연과 나를 담아내다 - 둘

글 조수현

그림 강다현, 조수현

교환

조 수 현

별이 가까운 새벽이 되어서야
가까스로 당신의 이름을 액정 안에 담았다

답답해 가슴팍이 갈비뼈를 파고들 것만 같은데도
애써 자신을 가로막던 지난날을 떠올리자
그리고 작별하자

품 안으로 들어온 대화 목록을
위아래로 쓸어내리며 수십 번은 불렀던 이름.
하지만 당신과 내 대화 사이에 숨겨진
나의 유일한 감정을 드러내는 건
이번이 처음일 테다

사라지지 않는 숫자,
하지만 곧이어 들통이 나
당신을 당황케 할 문장

내가 당신에게 건넨 만큼은 가져가도 될까.
내게 그 불안한 감정을,
풀리지 않은 실마리 속에 담긴
일급비밀을

| 시 해석 |

　이 시는 짝사랑을 하고 있던 화자가 스마트 폰이라는 매체를 통해 '당신'과 가까워지고 고백하기까지 이르는 과정을 그렸습니다. 화자는 '당신'이 잠에 빠져 있을 새벽이 되어서야 고백을 결심하고, 당신과 함께하면서 감춘 감정을 일급비밀에 비유해 답장을 바라는 모습을 은유적으로 표현했습니다.

묏자리

조 수 현

산에는
크기만큼 거대한 무언가가 잠들어 있으리라

산은
영겁을 지나온 수많은 흙의 안식처요
더는 돌아볼 수 없는 잊힌 시간의 묘지다

한때는 묘지를 파헤친 적이 있었다
오랜 등산 끝에 부드러운 땅을 만나
두 손으로 흙을 퍼내다가
크고 작은 돌멩이에 손을 부딪히기도 했다

그리 퍼낸 흙과 부딪힌 돌멩이에도
내가 기억하지 못하는 첫 죽음의 시간이 존재했음을
깨달은 사실을 대가로
나는 산을 파헤쳤던 시간을
흙과 함께 묻었다

더는 돌아볼 수 없는 잊힌 시간의 묘지여
영겁을 지나온 수많은 흙의 안식처여

비좁은 공간에 다시 남기는 나만의 시간을
부디 양지 바른 곳에 고이 놓아주라

산이 무너질 날이 오거든
그대가 간직한 온 순간들을
두 손으로 받쳐 회상하리라

| 시 해석 |

이 시에는 오랜 세월이 흘러 산으로 거듭난 땅에는 화자가 태어나기 이 전의 시간도 함께
담겨 있다는 화자의 깨달음과 관점이 드러납니다. 말 그대로 산을 '시간의 묘지'로 은유하
며, 흙을 파헤치고 다시 덮는 과정마저 뜻깊게 여기고 산이 간직한 역사를 가치 있게 생각하
는 확고한 신념을 표현해내고자 했습니다.

주마등

조 수 현

쪼그리고 앉아 흙더미 세어보는 들풀
몇 번 기침하다가 지난 바람을 읊는다

어허야 허야 채 구지렁물 못다 안고
씻기는 비누거품 속에 묻어 가누나
어허야 허야 채 못다 안은 넓은 들판
시드는 꽃 여럿 그저 바라만 보누나

| 시 해석 |

어느 노인이 흙더미 위에서 남은 들풀을 세며, 쓸쓸하게 지난 과거를 회상하는 내용입니다. 2연의 전체적인 상황은 과거와 동일시되는 구지렁물과 과거를 세척하는 비누거품의 대립 등을 보아 방치된 개발지역, 세상을 뜨는 동료들 등 다양하게 해석이 가능하며, 특유의 반복되는 후렴구와 변형된 시조 형식이 운율을 살려줍니다.

모래사장의 사연

조 수 현

모래는 세상 그 누구보다 많은 상처를 껴안고 살아왔다
자유란 꿈 꿀 수도 없는 존재에 맞먹었기 때문에
바람에게 물에게 만물의 힘에 스스로를 맡겼더니
울 틈도 쉴 틈도 없이 부서져서 지금에 이르렀다

가끔은 열 받는 것이다
제가 커다란 바위에서
쪼끄마한 모래알이 됐던 건
남김없이 남의 탓이었으니까
샘이 나서 애꿎은 태양에게 화풀이나 했다
흘러내리지 않고 떨어지는 몸을 질책했다
서러워 우는 것마저도 바닷물이 도와줬다

모래는 혼자서 단 한 발자국도 나아가지 못했다
자유란 꿈 꿀 수도 없는 존재에 맞먹었기 때문에
휘날려서 뒤섞여서 만물의 힘에 스스로를 맡겼더니
목적지도 고향도 잊어버린 채 여기까지 이르렀다

| 시 해석 |

　　이 시에는 오랜 세월이 흘러 산으로 거듭난 땅에는 화자가 태어나기 이전의 시간도 함께 담겨 있다는 깨달음과 관점이 드러납니다. 모래는 스스로 움직일 수 없기 때문에 자연 현상에 의해 원하지 않는 변화를 겪었고, 그로 하여금 상상 이상으로 지쳤으며 결국엔 정처 없이 떠돌다 지금의 모래사장이 되었다는 이야기를 풀어냅니다. 하지만 비참함을 토로하는 것마저 또 다른 인물인 화자의 도움을 받고 있다는 점에서 시 속의 현실을 보다 잔혹하게 표현했습니다.

마음 접기

조 수 현

　세상이 오늘따라 고왔다 튤립도 아닌 것이 백합도 아닌 것이 지고 나면 더없이 흉측해질 텐데도 어째서인지 최후가 전혀 두렵지 않다 네 새벽 눈길이 향하는 천장에 우주가 내렸으면 좋을 텐데 항상 바닥을 등지고 서서 바라보는 그 우주 한가운데에 별자리 하나를 만들어 내 이름을 달고 싶었다 네 눈꺼풀은 이미 궤도를 돌고 있을 새벽에 메일을 열어 정말 오랫동안 응어리진 진심을 지금 택배로 보낸다고 전했다 그뿐이었다.

| 시 해석 |

　화자의 사랑 감정이 절정에 다다른 상태입니다. '네 눈길이 향하는 천장, 우주 한가운데에 달고 싶은 내 이름을 단 별자리'에서는 잠들기 전에 자신이 떠오를 정도로 '너'에게 의미 있는 사람이 되고픈 화자의 욕구가 드러납니다. 연이 존재하지 않아 화자의 조급함이 강조됐으며, 고백을 끝마친 마지막 문장에 다다라서야 화자는 마침표를 달고 휴식에 취합니다.

외로움을 담아내다 - 셋

글 안아름, 오유진, 조수현
그림 강다현

차가웠던 나의 등

안 아 름

아이를 덮어주던 엄마는
열무를 가득 이고 시장에 가네.
안 오시네. 나는 점점 얼어가고
저 아이의 눈물이 녹아내려도
안 오시네.
온기도 없는 내 등 위에서 묵묵히 숙제해도
안 오시는 엄마.
차가운 발바닥을 내어주는
무거운 발소리도 들려주지
않으시네.
안 들리네. 아이의 연필 소리. 사각사각
금간 창틈 사이로 나를 적시는 차가운 빗방울
얼어버린 내 위의 또 다른 무거운 물방울이
떨어지던 그때

아주 먼 옛날
아이의 차가운 윗목이었던 내가
조금은 포근한 이불이었다면.

| 시 해석 |

　기형도 시인의 '엄마 걱정'이라는 시를 아이가 머물던 차가운 방의 바닥의 시선에서 새롭게 재구성하였다. 아이의 엄마가 시장을 가신 동안, 아이 홀로 차가운 바닥 위에서 묵묵히 자기 할 일을 하고 있는 모습을 표현했다. 어두운 윗목의 포근한 이불이 되어주던 엄마는 아이를 따뜻하게 해줄 수 있도록 하기 위해 시장에 장사를 하러 가셨다. 차가워진 바람에 눈물을 흘리며 엄마를 기다리는 아이는 외롭고 행복한 시간이 아님을 보여주기도 한다. 자신의 할 일을 묵묵히 해가면서 엄마의 발소리를 원하지만 금간 창틈 사이로 차가운 빗방울만이 아이를 적시고 외로움을 달래주던 연필마저 깎이며 시간은 흘러간다. 조금의 따뜻함도 건네주지 못했던 그때의 춥고 어두운 윗목은 본인을 따스히 해준 아이에게 미안한 감정을 느낀다.

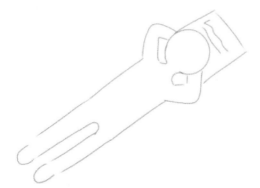

빛이 되어줄게

오유진

어김없이 문을 나서는 한 여자
원치 않지만 그저 바라보기만 하는 아이
한참을 바라보고 기다려도
오지 않는 모자의 칠월 칠일
어김없이 팔리지 않는 열무와
어김없이 추위에 떠는 아이
퇴근 시간이 다 되어가도 떨어지지 않는 발걸음
마지막 힘을 쥐어짜내 최대한 내어보는 빛
나라도 있어야 힘이 날 텐데, 곧 달이 올 텐데
점점 서쪽으로 밀려나네, 어두워지네

달아 꼭 두 사람을 보살펴주렴
내가 다시 동쪽으로 뜰 때까지,
다시 빛이 되어줄 때까지.
어서 그 때가 오기를
나처럼 환한 미소 볼 수 있기를
끝이 없는 이 어둠이 빨리 물러가기를

| 시 해석 |

　기형도의 '엄마 걱정'을 읽으면 '기다림'에 대한 외로움과 쓸쓸함이 잘 느껴진다. 방에 홀로 남은 아이와 그런 아이를 두고 나갈 수밖에 없는 어머니, 두 사람은 참 고달파보이지만 그들을 도와주는 사람은 없다. 누군가가 두 사람을 바라보며 힘이 돼줬으면 하는 생각이 들었다. 그리고 그 역할로 '해'가 적합해 보였다. 새로운 시적 화자인 해는 높은 곳에서 모두를 바라보며 어떻게든 도움을 주고자 노력한다. 타인에 대한 연민으로 선의를 베푸는 해의 모습은, 지상의 차갑고 어두운 면과 대비되면서 더불어 살아가는 바람직한 태도를 가르쳐준다. 또한 모자와 비슷한 상황에 처한 독자에게도 힘을 줄 것이다. 화자를 바꾼다는 건 작품을 새로운 시각으로 해석하는데 효과적인 방법이라는 생각이 들었다. 상황은 바뀌지 않았지만 기존에 생각지도 못했던 면이 보이면서 등장인물들과 얘기를 나눠본 것처럼 내용이 생생해졌다.

무게

조 수 현

남은 것 이것뿐이다.
다녀올게 한 마디 뱉고는
나 보고 싶다는 아이 두고
그날도 나가더라.

삼십 단 열무보다도
내 마음이 더 묵직했다.

너 먹여 살리려 무얼 못하랴.
구름의 닭똥 같은 눈물에도
나 물러서지 아니했다.
물러설 수 없었다.

늦은 새벽, 덜컹 문 열렸다.
다행히 빈손이렸렸다.
지쳐 곤히 자던 너보고
괜찮다며 홀로 위로했다.

"비는 그치고 해는 떠오른단다.
단지 그 사이 기다림이 필요할 뿐이리라."

너를 품안에 두고 나지막이 말하던
그때의 나. 잘 살았다.
그때의 너. 잘 기다려왔다.

| 시 해석 |

돈을 벌 수 있는 유일한 수단인 열무를 팔기 위해서 떨어지는 비에도 아랑곳 않고 우산도
없이 장터에 나간 어머니의 심정과 아이가 잠든 새벽에서야 열무를 모두 팔고 빈손으로 돌
아온 어머니가 아이에게 느끼는 미안함 그리고 기특함을 5연에서 독백으로 표현했습니다.

자연과 나를 담아내다 - 셋

글 조수현

그림 강다현, 조수현

11월의 종이 울렸다

조 수 현

갈대는 마지못해 고개를 숙이고
그 위를 차가운 재가 덮는다

세월의 흔적이 언젠가
재를 치운 뒤 분홍을 선물하며
햇빛을 머금은 지우개를 가져와
또 다시 갈대를 자라게 하겠지

또다시,
11월의 종이 울렸다

| 시 해석 |

분홍, 햇빛을 머금은 지우개, 갈대, 차가운 재라는 상징적 의미를 통해 계절의 반복을 그렸습니다. 11월은 가을에서 겨울로 계절이 변화하는 시기로 잘 알려져 있기 때문에 시의 제목과 초반의 시점을 11월로 지정했으며, 같은 구절을 또 다시 되풀이함으로써 시가 진행되는 동안 이미 1년이 지났음을 암시합니다.

욕망과 순환

조 수 현

두 번의 기회는 없고
갱생이 불가능할지라도
거목을 그리워하는 밑동은
잘려나간 몸통으로
비를 훔쳤다

따라서 묘목의 차례는
그 다음이다

수분을 가진 밑동이
썩어문드러지는 이유는
이 죄악의 대가였다

묘목은 많은 것을 바라지 않았다
그래서 조금만 머금고도
밑동을 짓밟고 올라가
거목이 될 수 있었다

거목이 되자
홍수를 갈망하기 시작했다

| 시 해석 |

　몸통이 잘려나간(이미 명예를 잃은) 개인 혹은 집단이 약자보다 먼저 이득을 취하다가 욕망의 대가로 약자의 성장에 짓눌려 다시 한번 묻혀버리고, 강자의 자리에 오른 약자 또한 권력에 취해 더 큰 야망을 가지게 되는 현실의 단면적인 모습을 자연에 비유해 시로 나타냈습니다.

사랑받고 싶었던 어느 위성의 독백

조 수 현

인연은 만나고 헤어짐의 연속
떠나간 이들은 나에게
크고 작은 상처를 안기기도 했지만
지금서 생각해 보면 그리 원망할 일은 아닌 것 같아

당신을 좀 더 가까이 맞이하기 위해
밝은 고지를 세우고
당신이 다시 돌아올 때 추억할 수 있도록
오래 전 어두웠던 바다를 넓혀서
나보다 덩치가 크지만 마음만은 약한
그 애를 대신해 내가 상처를 떠안는다면
그렇게 생각하면 생각해 보면
그리 원망할 일은 아닌 것 같아

| 시 해석 |

달 표면의 크레이터가 생겨난 이유를 지구를 향한 희생정신으로 재해석했습니다. 2인칭
이 '당신'과 '그 애'로 총 두 가지 형태로 나타나는데, 전자는 지구에 다다르는 운석, 후자는
화자인 달이 지키려 하는 지구를 의미합니다. 또한 '크고 작은 상처'는 단순한 운석 충돌이
아닌 달이 대신해서 받아온 마음의 상처도 동시에 연상케 하는 이중적인 표현이었습니다.

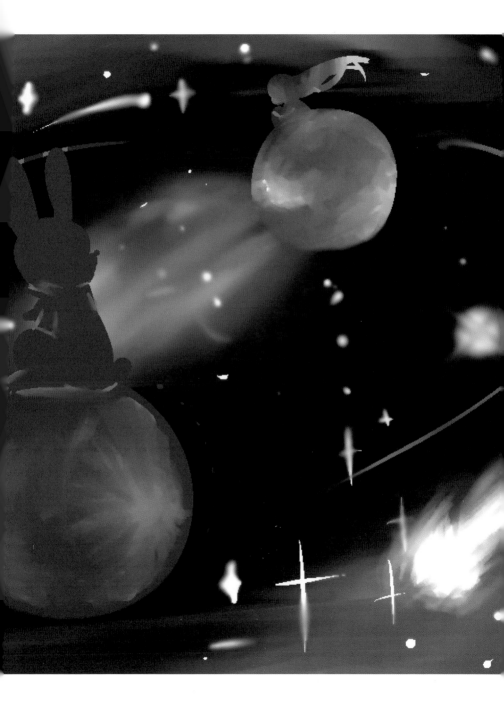

둥글기 전에

조 수 현

시작부터 올곧을 수는 없었다
우리는 하나라고 칭하기에는
너무도 어린 마음이었고
한데 모아 정해진 모양으로
꾸며낼 수도 없는 노릇이었다

그러나 자라면서 왜 우리에게는
불변의 씨앗이 뿌리를 내렸는가

공은 오로지 둥글어야 한다는
우리의 신앙이 그들을 처참하게
찌그러트려서

끝내 변할 수밖에 없었기에
가슴 속이든 기억 속이든 진정된 자신을 묻고
일그러진 채로 자유로이 굴러갔다

우리는 가능성이 무수히 많은 원을 연기할 뿐이었다

반복된 지 며칠 그리고 몇 년
나는 언제 그랬냐는 듯
탁하고 각이 진 죄악의 내면을 돌아보았거늘

우리는 하나라던 어느 연설을 듣고
여럿 모습을 드러내는 소수의 사이로
깎아내린 각들을 숨기면서까지
나는 차마 대답할 수 없었다

| 시 해석 |

　이 시는 주입식 교육, 고정관념을 비판하는 내용이 주를 이룹니다. 날 때부터 서로 다를 수밖에 없는 사람들을 잘못된 사회에 조금의 의구심도 가지지 못하고 순응하도록 만든 뒤 인재를 갈구하는 현실을 나타내지만, 이후 고정관념에서 벗어난 화자는 이전까지는 자신도 이에 동조했다는 죄책감에 의해 아무런 행동도 취하지 못하고 있습니다.

훗날에 빛날 황금
- 되짚어보는 추억, 잊지 못할 우리들과 함께 -

조 수 현

잃어버린 추억을 되짚을 때면
눈을 감고서 걸어보자
한걸음
처음으로 교문을 넘어 등교하던 날
그날 우리는
책가방에 설렘과 걱정을 메고 만났지
한걸음
반이 나뉘자 작년의 절친과 아쉬움을 표하며
무릅쓰며 우리는
새로운 교실에서 책가방을 풀어 기대를 꺼냈지
한걸음 또 한걸음
까마득한 시간을 등지고
어느새 우리는
지난날 가져왔던 모든 짐을 한가득 되찾게 되었지

또 다른 작별과 시작이 펼쳐질 거야

잃어버린 추억을 되짚을 때면
이제 눈을 뜨고 바라보자
우리가 딛고 나아갈 훗날에
찬란히 빛날 금빛을

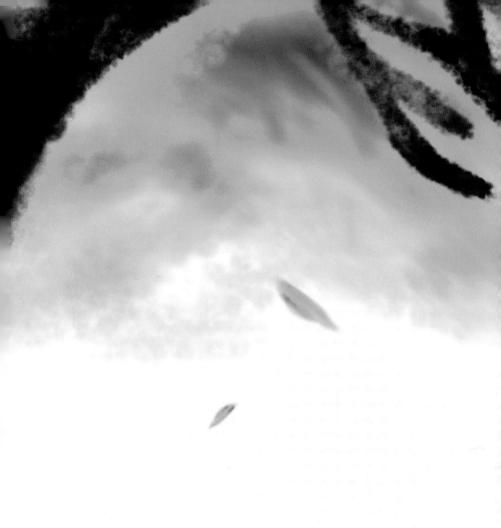

배경이 황금중학교라는 사실은 제목에서 유추할 수 있습니다. 화자는 졸업을 앞둔 중학교 3학년으로, 입학한 날부터 현재(졸업식을 앞둔 시점)까지의 추억을 여유롭게 떠올리고 있습니다. 설레고 긴장되는 감정을 학교에 맡겨두었다가 졸업식 날에 모두 되찾아간다고 표현했으며, 마지막 연에서는 졸업생 모두의 미래를 희망적으로 바라봅니다.

잠시 쉬어가는 코너 - 하나

황금중 책쓰기 동아리 '그루터기'와
이 책을 소개합니다.

안녕하세요?

황금중 책쓰기반 동아리 '그루터기'를 소개합니다. 우리 동아리는 3학년 남·여 16명으로 구성된 동아리입니다. 글쓰기에 재능이 있고 흥미와 관심도 있어 우리 동아리를 선택한 친구들도 있지만 그냥 어쩌다 보니 동아리 식구가 된 친구들도 있답니다. 하하하~^^ 그럼에도 불구하고 최선을 다해 열심히 활동하고 있습니다. 이번 책 축제를 맞이하여 학생들이 창작한 작품을 두 권의 책으로 만들게 되었답니다. 감사하게도 책 축제 때 아이들이 만든 작품들이 우수작품으로 선정이 되어 이렇게 다시 한 권의 책으로 재탄생하게 되었답니다. 아이들이 가진 솜씨를 맘껏 뽐내고 자랑해 보고자 합니다. 아이들이 힘을 얻을 수 있도록 많은 응원 부탁드립니다.

이 책은 우리 동아리 시 창작 브레인 3학년 '조수현' 학생이 창작한 시들과 동아리 활동 시간, 수업 시간, 교내 글짓기 대회에서 학생들이 창작한 시와 모방시를 중심으로 만들어진 책입니다. 동아리를 담당하고 있는 선생님의 작품도 몇 편 수록되어 있습니다. 그리고 시화는 그림 그리기에 큰 재능을 가진 '강다현' 학생이 시 내용을 읽고 떠오르는 영감을 바탕으로 직접 그림을 그렸답니다. 표지에서부터 글구성 및 편집을 처음부터 끝까지 아이들과 함께 의논해서 결정했고 3학년이라 공부하기 바쁜 와중에도 틈틈이 짬을 내서 자신이 가진 재능과 창작능력을 맘껏 뽐낸 결과물입니다. 다양한 주제로 다양한 시와 글로 구성되어 있고 특히, 시를 감상할 때 좀 더 쉽게 이해하라고 해석을 적어 두었으니 시를 감상할 때 참조하시면 좋을 것 같습니다.

책쓰기반 '그루터기' 친구들

학생저자 책 축제 때 황금중 부스

보석함 만들기 활동 마치고 전체 단체 컷 '찰칵'

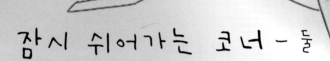

잠시 쉬어가는 코너 - 둘

황금중 책쓰기 동아리 '그루터기'
2018 한 해 활동 과정을 소개합니다.

3월 동아리 부서 조직과 부서별 활동 내용을 알리는 OT를 출발로 해서 1년 동안 다양한 체험을 하고 체험을 마치고 나서는 체험에서 느낀 자신의 감정과 소감을 바탕으로 시를 쓰거나 소감문을 쓰는 형식으로 동아리 활동을 운영해 왔습니다. 모든 결과물이 다 만족스럽지는 않지만 학생들 나름대로 집중력을 발휘하여 최선을 다해 활동하였습니다. 2018년 한 해 동안 즐겁게 달려온 과정과 내용을 간단히 소개합니다.

* 3.8 동아리 부서 조직
* 3.29 부서별 활동
* 4.17 북아트 체험
  ▶ 나만의 독서, 글쓰기 계획 세우기
  ▶ 나만의 책자를 만들어 앞으로 창작할 문학작품을 어떻게 완성해 나갈지 계획한다.
  ▶ 오늘 하루 활동을 통해 느낀 점을 바탕으로 간단한 글쓰기(시 or 소감문)

* 6.7 풍속의 인문학
  ▶ 풍속의 인문학에 대해 강의 듣고 소감나누기
  ▶ 포일아트로 미니노트 만들기
  ▶ 오늘 하루 활동을 통해 느낀 점을 바탕으로 간단한 글쓰기(시 or 소감문)

* 6.21 한지공예(보석함 만들기)
  ▶ 한지가 만들어 지는 과정, 한지의 좋은 점 알기
  ▶ 한지를 이용한 자신만의 보석함 만들기
  ▶ 오늘 하루 활동을 통해 느낀 점을 바탕으로 간단한 글쓰기(시 or 소감문)

* 9.6 커피 속 인문학
- ▶ 커피 속 인문학에 대한 강의를 듣고 다양한 교양 배우기
- ▶ 내가 만드는 커피우유와 디카페인 커피 체험하기
- ▶ 오늘 하루 활동을 통해 느낀 점을 바탕으로 간단한 글쓰기(시 or 소감문)

* 10.15 학생저자 책 축제
- ▶ 학생 저자 책 축제 2권의 책 출품

* 10.18 대구학생 문화센터 체험활동 참가
- ▶ 대구학생 문화센터 책 축제 참가
- ▶ 글감 찾기

* 10.26 학생 축제 부스 꾸미기
- ▶ 자신의 글 편집하여 파일에 정리
- ▶ 책 만들기, 활동 앨범 만들기
- ▶ 축제 때 부스 꾸미기 의논하기

* 11.23 천연화장품 만들기
- ▶ 천연화장품 만드는 방법을 습득하고 직접 체험하기
- ▶ 활동을 통해 느낀 점 바탕으로 간단한 글쓰기(시 or 소감문)

* 12.21 황금예술제 준비
- ▶ 황금예술제 동아리 부스(전시) 설치

동아리 활동 이모저모 – 하나

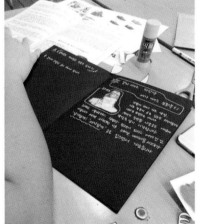

제2장

꿈꾸는 자만이
방법을 찾고
계획을 세운다

발자취를 쫓아가다 - 하나

글 최창인, 조수현, 전다은

그림 강다현, 조수현

노스탤지어

최 창 인

빗방울이 추적추적 내리우는
일요일의 아침

나는 창가에 슬며시 걸터앉아
한없이 검지만 위수(渭水)처럼 맑은,
달콤한 악마의 속을 몰래 들여다본다

크고 맑은 두 눈, 오똑한 코
걸음걸음 흩날리는 샛노란 머리칼…

어느새 그 강렬한 향에 취해버린 나로써,
커피 잔에 가득히 겹치는 그녀의 모습에
별안간 놀라고야 말았다
서서히 그렇게 서로의 거리가 가까워져 간다

단숨에 나의 콧잔등을 감싸고 도는,
그 매혹적인 향기에,
나는 순간 참을 수 없는 욕망에 휩싸여
조금 더 빠르게 두 손을 갖다 대었다

너무 급했던 탓일까,
하마터면 손등에 쏟을 뻔했다

아랫입술이 점점 따뜻해져 온다
설렘이 가득해진 나는 재빨리, 하지만 상냥하게
그 씁쓸하고도 달콤한 유혹을 온몸에 받아들였다

추적추적 내리우는 빗소리를 배경삼은
일요일의 아침

빛바랜 축음기로부터 가만가만 흐르는
바흐의 피아노 선율 안에서,
나는 그렇게 첫 키스의 향수를 회상하고 있었다

| 시 해석 |
　동아리에서 진행된 '커피 속 인문학' 활동을 하고 난 후 받은 영감으로 쓰게 된 시이다.
한가로운 일요일 아침 커피를 마실 때 화자는 사랑하는 사람과의 기억을 회상한다. 그때의
느낌을 감각적으로 세밀하게 묘사했다. 바흐가 커피를 천년의 키스보다도 더 달콤했다고 했
던가. 검은 악마와도 같은 이 맑은 액체에 비치는 당신의 모습은 어떠한지 한번 생각해 봤으
면 좋겠다.

카페인

조 수 현

카페인, 그 문제아를 모르는 사람이 없었다
수영이 취미인 그놈은 이따금씩 정신을 구타하곤 했다
사정없이 때려 눈꺼풀에 붙은 접착제가 떨어질 때 즈음에야
놈은 다시 여유를 만끽하여 얌전히 미끄럼을 타더라

놈이 어디서 굴러오는지도 금방 답이 나왔다
혀는 녀석이 가을을 탈 줄 아는 맛이라고 말했다
눈은 녀석이 구수한 누룽지를 태운 것마냥 시꺼멓다고 말했다
코는 녀석이 조금만 가까워져도 금세 눈치챌 수 있었다고 말했다

카페인, 그 문제아를 모르는 사람이 없었다
딱 하나, 이름이 제멋대로라는 사실은 처음 알았다
에스프레소, 아메리카노, 카라멜 마끼아또
수영을 좋아해서 제 별명들도 하나같이 입을 타고 흐르는가 했다
에소프레소, 아메리카노, 카라멜 마끼아또
가끔은 커피 한 잔

| 시 해석 |

 커피라는 매개체를 액체 상태로 들어와서(수영이 취미) 쉬려고 하는 정신을 때리며 괴롭히는 문제아로 표현합니다. 화자를 몸속을 이루는 한 세포로 지정해, 커피가 소화되기 전의 (커피 본연일 때의) 모습을 모르는 화자는 다른 기관에게 카페인을 수소문을 하고, 커피의 종류에 연관된 엉뚱한 추측을 하며 독지에게 웃음을 유발하게끔 했습니다.

성별

전 다 은

나는 파랑색을 좋아해!
너 남자야?
아닌데…

아! 나는 머리가 짧아
엥? 너 남자야?
아닌데…

난 여잔데……

무엇을 좋아하던지
성별은 상관이 없다

누군가 분홍색을 좋아한다면
분홍색은 누군가의 취향이지
누군가의 성별을 나타내는 것이
아
　니
　　다……

'남자들의 하이힐' 포일아트 수업을 듣고 난 후 느낌을 시로 표현해 보라고 하셔서 '성별'이라는 주제로 적어 본 시이다. 색깔, 외모, 머리 모양 등으로 남·여를 구분짓는 사람들의 치우친 생각에 기인하여 생각나는 대로 쉽게 써 보았다.

photofunia.com

수줍은 아기새여

조 수 현

수줍은 아기새여
나는 대가가 없이 사랑을 건네려 한다
감정의 폭풍우와 몸을 짓누르는 걱정에
나의 편지가 네게 전해지는 데에는
네가 어른이 될 때까지의 시간이 함께할 것이다

마침내 편지를 열어본 미래의 아기새여
너는 때가 없는 사랑을 바란 것인가
감정의 폭풍우와 몸을 짓누르던 걱정에도
안심하라, 변함 없이 너를 찾아온 것이다

사랑하는 나의 아기새여
지금은 대가 없는 사랑을 모르는 아이여
막연히 몰아치는 폭풍우와 빚어져 굴러가는 걱정을
너는 너도 모르는 사이에 편지봉투에 실어서
나에게로 가득 보낸 것이다

그 감정을 나의 몫이 되어
짊어진 짐의 무게가 갈수록 늘더라도
네가 나의 편지를 변함없이
대가 있는 사랑으로 보답할지라도

아기새여, 너는 나의 몫이 되어
내가 건네는 대가 없는 사랑은
네가 나를 돌아볼 때까지의 시간과 함께할 것이다

아이여, 나는 이제야 바란다
너도 대가 없는 사랑을 건넨 것인가

아니, 이제는
서로의 대가가 대가 없는 사랑이
마주보는 헌신이 되었는가

| 시 해석 |

아직 다 자라지 않은 아이에게 보호자가 보내는 사랑의 의미를 한 편의 편지로 묘사한 시이다. 폭풍우와 걱정 등 부정적인 심리를 무의식적으로 화자에게 떠넘긴 아이를 포용하는 화자의 사랑을 깨닫기까지 끊임없는 이해와 배려로 어루만지고 있다. 그리고 화자 자신도 아이가 건네는 사랑의 의미를 알고자 하는 소망이 생겼고 서로 대가 없는 사랑을 나누는 상호 헌신 관계에 대한 기대도 품고 있다.

발자취를 쫓아가다 - 둘

글 조해연, 장서인, 노윤지, 박효빈, 차아정

그림 강다현

'남자들의 하이힐' 포일아트 수업을 듣고

조 해 연

　오늘 동아리 시간에 포일아트라는 체험을 하였다. 나는 포일을 붙여서 작품을 만드는 체험이 너무 재미있어서 시간 가는 줄도 모르고 계속하였다. 포일아트라는 것이 포일을 가지고 오리고 붙이며 종이에 작품을 만드는 것인데, 오늘 우리는 그 작품으로 책의 표지도 만들어 볼 수 있었다.

　그리고 두 번째 시간엔 하이힐과 관련된 고정관념 부수기 수업을 하였다. 나는 이 수업 전, 솔직하게 하이힐이라는 것은 여성을 위한 신발이자 전유물이라고 생각하였다. 하지만 이런 게 바로 고정관념 이라는 사실을 깨달았다.

　우리는 선생님과 함께 내가 가진 고정관념을 부수기 위해 역사 속으로 들어가 보았다. 프랑스의 국왕이자 최고의 권력자였던 루이 14세는 72년 동안 왕위를 유지한 것으로도 유명하지만 그의 작은 키 때문에 항상 고민을 가졌다고 한다. 이때 이 고민을 해결하고자 그는 높은 굽의 하이힐을 즐겨 신게 되었다고 선생님께서 말씀해 주셨다.

이런 일화를 통해서 하이힐은 여성의 구두가 아니라 자신의 콤플렉스 등을 가릴 수 있는 자신감의 도구로 쓰일 수 있다는 사실을 알게 되었다. 나는 하이힐뿐만 아니라 아기 옷 등, 많은 사람들의 옷에도 이러한 고정관념이 숨어 있다는 생각이 들었다. 여자 아기는 분홍색, 남자 아기는 파란색이라고 누가 정한 것도 아닌데 모두 자연스럽게 받아들이고 있는 것이 현실이다. 나는 오늘 수업을 계기로 내가 가진 고정관념부터 시작해서 세상이 가진 고정관념을 깨뜨려 보는 일을 시도해 보고 싶다는 생각이 들었다.

포일아트 체험 중 하나···

포일아트 체험 중 둘…

포일아트 관련 강의 시청 중…

'커피 속 인문학 체험'하나 …

장 서 인

　이번 커피 속 인문학 수업을 통해서 커피의 유래와 역사 속 유명한 위인들도 커피를 좋아했고 즐겨 마셨다는 사실을 알게 되었다. 평소에 커피는 시험 기간에만 몇 번 마셔봐서 커피에 대해 잘 알지 못하고 별로 좋아하지도 않았는데, 이번 동아리 활동을 하면서 커피를 직접 만들어서 먹어보니 신기하기도 하고 재미도 있었다. 그 활동을 통해 커피에 대해 어느 정도 자세하게 알게 되었고 무엇보다도 직접 커피를 만드는 과정이 재미있었다. 만약 다음 동아리 시간에도 커피 만들기 활동이 있다면 전에 만든 커피보다 더 맛있고 향 좋은 커피를 만들 수 있을 것 같다.

커피 로스팅 중...

'커피 속 인문학 체험'둘 …

노윤지

처음에는 커피에 대해 잘 모르고, 만드는 법도 잘 몰라서, 커피가 달달하고 맛만 좋으면 되지 않나 하는 마음으로 크게 관심이 가지 않았다. 그런데 이번 수업을 들으면서 커피에 대해 자세하게 알게 되었고 커피의 유래부터 그 역사까지 알고 커피를 직접 만드는 체험까지 하니까 즐거웠다. 커피가 다 그냥 그런 커피가 아니라 어떤 비율로 배합하느냐에 따라 커피 맛이 달라진다는 사실을 알게 되었다. 그리고 내가 좋아하는 커피가 어떻게 전 세계 사람들에게 널리 퍼졌는지 알게 되어 좋았고 우리나라에 커피가 처음 들어왔을 때 누가 즐겨 먹었는지 알게 되어 더욱 흥미로웠다. 다음에 기회가 된다면 좀 더 전문적으로 커피에 대해 배우고 싶다는 생각이 들었다.

커피 만들기 체험 중~

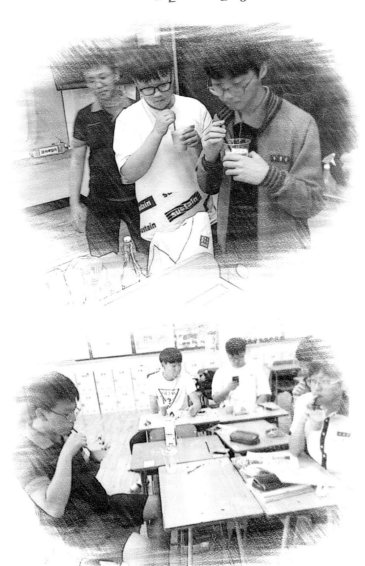

'커피 속 인문학 체험' 셋…

박효빈

오늘 동아리 시간에 커피 속 인문학을 한다고 해서 단순히 커피만 만드는 줄 알았는데 커피의 시작과 어떻게 커피가 들어오고 또 커피 소비량은 어떤지 알게 되어서 신기했고 커피를 생산하는 노동자들의 수입이 고작 10원밖에 되지 않는다는 사실이 충격적이었다.

커피를 만들 때는 당연히 맛있을 줄 알았는데 내가 만든 게 생각보다 맛이 너무 없어서 좀 당황스러웠다. 그래도 처음으로 커피라는 걸 직접 만들어봐서 나름대로 즐겁고 재미있었다. 또 커피에 대한 지식을 알게 되어서 의미 있는 경험이 아니었나 하는 생각도 들었다. 다음번에 또 기회가 주어져 커피를 만들 때에는 더 신경을 써서 맛있게 만들고 싶다는 생각이 들었다.

선생님의 강의에 집중하는 모습~

'커피 속 인문학 체험' 넷 …

차아정

    평소에 커피 마시기를 좋아하는 편이고 커피 종류와 만드는 방법에도 관심이 많았다. 이번 동아리 활동은 시작하기 전부터 흥미가 있었고 강사 선생님께서 커피에 관한 이야기도 많이 해주시고 커피 재료에 대한 설명도 자세하게 해주셔서 재미있었다. 특히 커피에서 유래된 이야기, 커피를 좋아했던 위인들에 대한 이론 공부가 흥미로웠다. 지루할 줄 알았던 이론 부분이 다양한 영상을 보면서 익히니까 잘 이해되고 즐거웠다.

    2교시 '커피 만들기' 활동을 할 때 커피레시피가 주어졌고 거기에 맞춰 나만의 커피를 만드는 시간이 신났다. 커피에 찬물을 넣어 장기간 데우면 더 부드럽고 쓴맛이 덜해진다는 것을 알게 되어 좋았다. 그리고 맛있는 커피 속에 담겨진 슬픈 사연도 나의 가슴을 찡하게 했다. 커피를 생산하기 위해 고용하는 어린 아이 노동자들이 많다는 사실과 그들이 받는 노동의 대가가 형편없다는 사실은 나의 마음을 울렸다. 앞으로는 되도록이면 공정무역 커피를 사야겠다고 다짐하는 계기가 되었다.

나만의 커피 컵 완성 중···

제3장

인생을 담아내다
찬조시

김길순

1. 상처-어릴 때 가족간의 상처를 시로 담아냄.
2. 괜찮아-희망이 없는 시대를 살아가는 아이들
   에게 희망을 주는 메시지를 담아 시를 씀.
3. 외로움-현대를 살아가는 우리의 삶에 외로움
   은 필수요소라 생각하고 그 외로움을 견뎌
   내는 것이 또한 인생이라 여기며 살아내야
   하는 것이 우리의 삶이 아닌가 하는 메시지
   를 담아 시를 씀.
4. 삶-우리의 삶이 비록 힘들지라도 견뎌내고 이
   겨낸다면 반드시 희망적인 미래가 펼쳐질
   수 있는 것이라는 염원을 담아 시를 씀.

상 처

다리를 쩔뚝쩔뚝
걸어가는 오빠가
나는 창피하다

학교 갈 때나 올 때나
오빠를 꼭 챙기라고
당부하는 엄마가 야속하다

나보다 세 살 많은 오빠…
뇌수술 후 3년이나 병원에 있었다

지금은 나랑 같은 오학년

만원 버스 안에서 사람에 쓸려
내리지 말아야 할 곳에 내리는 오빠를
나는 못 본 척한다

결국.
담 정류장에 내려 오빠를 기다린다
멀리서 쩔뚝거리며 걸어오는 오빠의
모습을 보고 나서야 먼저 걸어간다

걸어가는 길이 흐려 온다…

괜찮아

괜찮아
소외감, 박탈감에서 벗어나게 하는 말

괜찮아
용서의 말, 용기의 말

괜찮아
따뜻함이 느껴지는 말

괜찮아
신의와 사랑이 담긴 말

괜찮아
격려의 말, 나눔의 말

세상살이 만만치 않다고 느낄 때,
죽을 듯이 노력해도 뜻대로 일이
풀리지 않을 때,
내일이 없다고 느껴질 때,

내 마음속 작은 속삭임에
귀기울여 본다…

'괜찮아~ 다 괜찮아질 거야'
희망의 말을……

외 로 움

외로움을 견뎌낸다는 건
처절한 안쓰러움이다

빈 산 모퉁이에 덩그러니 혼자 피어 있는
저 들꽃에서 뿜어 나오는 고독의 향기

바람 부는 대로 흔들렸다가 멈췄다가
견뎌내며 외로움에 익숙해져 간다

삶에 외로움을 허락하는 것도 용기다
그 처절한 안쓰러움을 이겨내는 것이
우리 인생이다

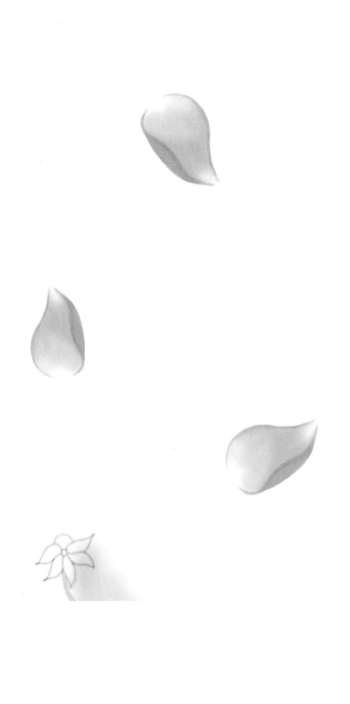

삶

어찌하면 좋은가…
힘겨운 삶이다
어찌하면 기쁜가…
슬픈 삶이다

옥상 빨래줄에 걸려 있는 빨래들
물기와 함께 축 처져 있다
또 하루를 살아내야 하는 우리네 어깨 같다

옥상 빨래줄에 걸려 있는 빨래들
괴로움, 아픔의 물기가 묻어 있다

햇살이 비추네
괴로움, 아픔의 물방울이 뚝뚝 떨어지고 있다

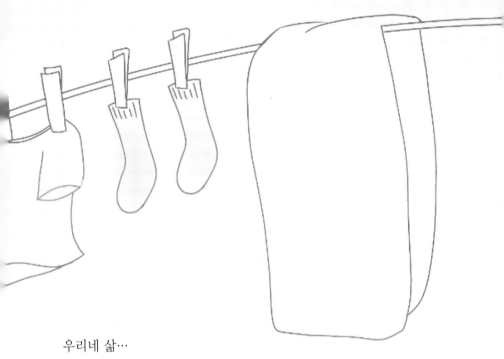

우리네 삶…

힘들지만, 때론 슬프지만

괴롭지만, 항상 아프지만

언젠가 물기가 사라져 가볍게 공중을 향해

날갯짓할 저 빨래들처럼

우리네 삶에도

그런 날이 올 거라 기대해 본다

그것이…

소망을 갖고 살아내야 할 우리네 삶이기에

■ 마무리하는 말

신께서 우리 인간에게
주신 선물 중 귀한 것 하나가 '자유의지'이다.

인간에게 주어진 자유의지 때문에
고통을 당하기도 하지만 그 자유의지 때문에 얻게 된 것도 많다.

창작을 한다는 것도 선택의 연속이다.
어떤 주제, 소재, 단어를 선택하고 어떤 구성으로 쓸 것인가…

책쓰기 동아리 친구들이 체험한 내용을 바탕으로
써 내려간 이 글들은 아이들 나름 고심하고 숙고하여 선택한 결과
물이다.

부족하지만 최선을 다한 아이들에게 박수를 보내면서
'남은 자, 남는 자, 남을 자' 우리 황금 친구들의 작품을 마무리짓
고자 한다.

지금까지 읽어 주신 모든 분들께 감사를 전합니다.

2018년 10월
황금중 교사 김길순